L'ABDICATION

DE BONAPARTE.

IMPRIMERIE DE LE NORMANT, RUE DE SEINE, N°. 8.

1815.

L'ABDICATION

DE BONAPARTE.

Qui de nous, en voyant Bonaparte partir pour l'armée, se seroit imaginé que le huitième jour après son départ de Paris, il dût y être revenu! Déjà la nouvelle de son arrivée avoit commencé à se répandre, et personne ne vouloit y ajouter foi, tant elle paroissoit incroyable! A la fin pourtant il ne fut plus possible d'en douter : les efforts mêmes de ses partisans pour la nier, la confirmèrent ainsi que la défaite de son armée. Les Chambres se déclarèrent en permanence ; et (pour abréger) *l'abdication du héros* fut apportée, acceptée, puis affichée sur les murs de la Capitale.

Cette pièce peut attirer notre attention quelques instans. Ecoutons-le parler lui-même.

TEXTE.

« Ma carrière politique est terminée. »

Commentaire.

Quoi déjà! c'étoit bien la peine de revenir de l'île d'Elbe !

Ma carrière politique est terminée.

« Belle conclusion et digne de l'exorde ! »

Quand une carrière a commencé par le parricide, il est convenable qu'elle finisse par le déshonneur.

Suivons-en sommairement les différentes périodes.

Qui de nous a oublié cette fatale journée de vendémiaire dans laquelle Bonaparte préluda par le massacre des habitans de Paris à tous ces combats dans lesquels il se plut à déchirer le sein de la patrie, et à verser son sang ?

Qui de nous ignore que c'est en montant sur les cadavres de nos citoyens, qu'il parvint à s'élever alors au commandement des armées ?

Ce même homme, enorgueilli de ses premiers succès, ne mit bientôt plus de bornes à ses vues ambitieuses. Tout moyen lui parut bon ; l'empoisonnement (en Egypte) ; l'assassinat (en France); la trahison et la perfidie (en Espagne); la violence, l'oppression, la plus odieuse tyrannie au dedans ; l'incendie et la dévastation au dehors ; la terreur partout.

Ces forfaits néanmoins étoient enveloppés d'une écorce brillante : *un faux éclat les environnoit ;* et bien des gens *en étoient éblouis,* quoique la saine raison n'y pût voir que des forfaits. Lui-même, se croyant un *grand homme,* *en* poursuivoit *le cours* avec une arrogance extrême. L'Europe, justement alarmée, se réveilla enfin, et se détermina, quoique bien tard, à y mettre un terme (1). Mais, par une générosité dont elle eut bien lieu de se repentir, elle laissa la vie à celui qui avoit causé la mort de tant de millions d'hommes.

Ce méchant, incapable de repos, tourmenté par le besoin de faire le mal, regretté de ses semblables, trouva en eux les ressources dont il avoit besoin. Intrigues, mensonges, promesses, tout fut mis en œuvre; et il reparut sur la scène.

La France goûtoit les douceurs d'une paix tranquille, et pendant près d'une année s'étoit livrée aux épanchemens de la joie la plus pure. Tout change à l'apparition de ce Génie malfaisant. Ses émissaires lui ouvrent la voie; semant partout les bruits les plus faux, les plus atroces calomnies; persuadant aux trop crédules habitans des campagnes, que le Roi vouloit *annuler les ventes des biens nationaux*, et autres impostures du même genre. Il s'avance ainsi sans obstacle, précédé du Mensonge, escorté de la Trahison jusques dans la Capitale, où il entre *de nuit*. Mais un morne silence y régna pendant les premiers jours qui suivirent son arrivée : ce silence éloquent, et très-honorable pour les Parisiens, fit bien connoître l'esprit public.

---

(1) Suétone, après avoir rapporté les crimes du *Néron de Rome*, s'exprime ainsi : « Un pareil monstre ayant été souffert » pendant quatorze années, enfin l'Univers l'abandonna. » Ce rapprochement entre les *deux Nérons* est d'une vérité frappante.

On a osé dire que les Français l'avoient appelé par leurs vœux unanimes.

Le ministre de la police générale s'est chargé lui-même de répondre à ce grossier mensonge : le rapport qu'il a publié sur l'état de la France, prouve évidemment le contraire.

Mais ce que la postérité aura peine à croire, c'est que des hommes exécrés de toute la France qu'ils ont bouleversée, repoussés par toute l'Europe qu'ils ont *inondée depuis vingt ans de sang et de larmes* (1), que de pareils hommes, dis-je, aient ENCORE AUJOURD'HUI l'impudence de *s*'intituler *la nation française*. Non, vous n'ê s pas la nation française : non, elle n'est point complice de votre trahison : elle vous désavoue ; elle vous rejette ; elle abhorre vos principes destructeurs ; elle ne vous connoît que trop. Allez, allez porter ailleurs vos déclamations, vos doctrines désolantes, vos charlataneries !

Il vous sied bien d'invoquer la liberté ! Quoi ! vous parlez de *liberté*, vous, les artisans ou les fauteurs de la plus infâme perfidie pour opérer le retour du tyran le plus féroce qui ait jamais existé, de ce même tyran, à la chute duquel la France entière avoit applaudi avec des transports de joie si vifs et si unanimes ! Vous parlez de *liberté*, vous qui avez eu la bassesse de flatter le tyran, d'être les complices de ses vexations,

---

(1) L'Europe n'a pas besoin d'autre Manifeste : tout est contenu dans ce peu de mots.

de ses cruautés, de ses fureurs ! Ah ! vous comptez bien sur la crédulité, que dis-je ? SUR LA PATIENCE de la nation française ! Vous avez le front d'avancer, à la face de l'Europe, que la France a été opprimée pendant le gouvernement si paternel de LOUIS XVIII. Quoi ! nous n'étions pas libres, nous n'étions pas heureux sous ce bon Roi, à qui l'on ne sauroit faire aucun reproche, si ce n'est peut-être d'avoir usé de trop de clémence et de bonté ! Ah ! oui, c'est cette bonté qui vous a donné tant d'audace. Nous n'étions pas libres, lorsque la nation française, très-librement représentée, concouroit avec son Roi *légitime* au bonheur général ! Ils n'étoient donc pas les représentans de la nation française, ces députés qui ont secondé les paternelles intentions du Roi, avec l'approbation unanime de toute la France ! Et vous vous intitulez la nation française, vous choisis par le tyran, vous appelés par lui, vous ses lâches et serviles adulateurs, vous ses odieux complices ! Je le répète : la nation française vous rejette : elle vous connoît : instruite par une funeste expérience, elle sait ce que c'est que votre affreuse liberté, et elle n'en veut plus. Le ciel l'en préserve ! Et malheur à l'Europe, si jamais une telle liberté venoit à prévaloir !

Hélas ! nous n'avons que trop appris à nos dépens à être sages ! Et avions-nous encore besoin de la dernière leçon que nous venons de recevoir ? leçon cruelle ! leçon terrible !

Le furieux tyran n'avoit donc pas versé assez de sang ! Applaudi, oui, applaudi par les *prétendus* représentans de la nation, qui le servent bassement avec un si beau zèle (le tout par amour pour la liberté), secondé de ses créatures et de ses dignes partisans, il va se mettre à la tête de ses soldats, aveugles instrumens de sa fureur. Le 12 juin il part de Paris pour l'armée; le 20 il est déjà de retour à Paris : quel foudre de guerre ! *je suis venu, j'ai vu...... j'ai été vaincu;* voilà désormais sa devise. Il croyoit, l'insensé, que rien ne pourroit lui résister; mais le grand général contre lequel il avoit eu l'imprudence de se mesurer, *a renvoyé ce petit écolier à Paris, après l'avoir* CHATIÉ *comme il le méritoit.*

L'empereur EST LA, nous disoit-on dans cette fastueuse affiche signée *Réal,* l'empereur EST LA! Eh non, il n'est pas LA : IL FUIT. Ce sont les malheureuses victimes qu'il vient de faire périr, qu'il a menées à la boucherie, qu'il a sacrifiées à son insatiable fureur de régner, *qu'il a si lâchement abandonnées,* ce sont ces malheureuses victimes QUI SONT LA ! Leur sang, mêlé à tant de sang déjà versé, crie vengeance.

IL FUIT! ô honte! ô déshonneur! c'étoit bien la peine de revenir de l'île d'Elbe! Ne connoissions-nous pas déjà son habileté à fuir (1) et

____

(1) Un homme d'esprit a dit que la pièce représentée par Bonaparte étoit une tragédie en cinq actes : le premier acte, *fuite*

à délaisser ses soldats au milieu du danger ? Qu'ils périssent, ou qu'ils tombent au pouvoir de l'ennemi, peu lui importe : pourvu qu'il se sauve, il est content ; et voilà l'homme que l'on admire ! Catilina, comme lui couvert de crimes, se bat en désespéré ; mais Catilina du moins sait mourir ; *il n'abandonne pas lâchement* ceux qui se sont dévoués à sa cause. Celui-ci aime mieux vivre. Une mort honorable n'est pas ce qni lui convient. Il se rend justice ; il se réserve pour une meilleure occasion. L'ennemi de Dieu et des hommes ne doit-il pas trouver une fin digne de lui ?

Mais que dis-je ? *Il se rend justice.* Il n'est pas même accessible à la honte. Tout autre n'auroit osé se montrer après une telle preuve *d'impéritie.* Lui, il paroît en public sans rougir : son air de satisfaction semble dire à tout le monde : *le peuple me siffle, et moi je m'ap-plaudis.* Ce vil Corse est si accoutumé à insulter les Français ! *Nous avons encore des ressources,* dit - il gaiement au peuple, que la curiosité amasse autour de lui ; c'est-à-dire, *donnez-moi* ENCORE *des millions, donnez-moi* ENCORE *trois ou quatre cent mille hommes, et vous verrez comme je les ferai* ENCORE *égorger.* Tel le tigre sortant du carnage, lèche avec joie son museau tout ensanglanté.

------

d'Egypte; le deuxième, *fuite d'Espagne ;* le troisième, *fuite de Moscou ;* le quatrième, *fuite de Leipzick ;* enfin le cinquième et dernier, *fuite de Mont-Saint-Jean.*

Misérable! regardes au-dessus de ta tête! *Le glaive redoutable* est suspendu et prêt à se détacher : regardes derrière toi! Le Châtiment, armé de son fouet vengeur, te suit en boîtant, et enfin il est sur le point de t'atteindre; regardes sous tes pieds! Les noirs abîmes sont entr'ouverts et demandent leur proie. Mais non, il ne regarde rien; il va toujours en avant; il est aveugle et sourd; il court à sa perte. Plût au ciel qu'il y courût tout seul!

Mais, s'il ne sait pas rougir, ses bons amis rougissent enfin de lui. Tout habiles qu'ils sont à faire trouver vrai ce qui est faux, et faux ce qui est vrai, ils sentent bien que tout leur art est insuffisant pour couvrir, même pour déguiser la honte d'une *fuite* aussi lâche et d'une *impéritie* aussi marquée. On lui déclare que son *abdication* est indispensable; il faut donc s'y résoudre et signer sa honte. Il est vrai que, selon l'usage, on a soin de dorer la pillule; les grands mots ne manquent point à ces messieurs. On fait donc parler notre *abdiquant* avec une certaine dignité. On lui fait dire qu'*il a commencé la guerre pour soutenir* (non pas sa tyrannie, non pas son ambition, etc., etc., etc. mais) *l'indépendance nationale*. C'est, comme on voit, toujours le même langage, toujours la même dérision. *L'indépendance nationale!* En effet, les Français étoient *fort indépendans*, lorsqu'un monstre féroce arrachoit les jeunes gens du sein de leurs familles consternées, pour les sacrifier à son ambition et à sa fureur sanguinaire! Les Français étoient *indépendans*, lorsqu'ils étoient incarcérés. Gémissans dans les prisons ou fusillés, selon le bon plaisir d'un tyran soupçonneux. Comment peut-on se jouer ainsi d'une nation entière! ou plutôt comment une nation entière a-t-elle la patience de le souffrir!

TEXTE.

« Je comptois, continue-t-il, sur la réunion » de tous les efforts, de toutes les volontés. »

Commentaire.

Aveu remarquable. Voilà comme l'*iniquité* se donne le démenti à elle-même.

Tu as donc avancé la plus grande des impostures, lorsque tu as dit que *les Français t'avoient appelé par leurs vœux unanimes.* Aujourd'hui te voilà forcé de reconnoître la fausseté de ce langage, et qu'il n'y a de la part des Français, *réunion* ni *d'efforts* ni *de volontés.* Tu n'as été *appelé* que par tes semblables. Tu n'as été *soutenu* que par des TRAITRES et des PARJURES, qui osent encore prononcer le nom sacré *d'honneur.*

TEXTE.

« J'avois bravé toutes les déclarations des » puissances contre moi. »

Commentaire.

Voilà précisément ce qui te condamne : il y a là tout à la fois crime et démence.

Crime : c'étoit violer la foi des traités ; c'étoit allumer la guerre civile au seiu de la France ; c'étoit attirer sur elle le fléau de la guerre étrangère ; c'étoit mettre en péril le repos et la sûreté, non-seulement de la France, mais de l'Europe entière ; c'étoit dire : « Mes plus chères délices » sont de nager dans le sang ; il va couler à » grands flots ; qu'importe, pourvu que je règne.» Voilà le crime et un crime atroce. Quel monstre!

Mais braver l'Europe entière conjurée contre soi! je ne crois pas qu'il y ait dans l'histoire l'exemple d'une semblable *démence*.

Dignes soutiens de ce furieux, les féroces partisans du cruel auteur de nos maux, de l'ennemi du genre humain, n'ont-ils pas poussé l'impudence jusqu'à dire que c'est au Roi qu'il faut imputer l'invasion des armées coalisées ? Voilà ce qu'ils n'ont cessé de répéter avec leur effronterie accoutumée.

TEXTE.

« Les circonstances paroissent changées. »

Commentaire.

Oui, surtout pour toi, misérable, puisque tes bons amis, eux-mêmes sont forcés de rougir de toi ; puisque ceux entre les mains desquels tu n'étois qu'un instrument, sont obligés de le briser avant l'époque qu'ils avoient déterminée.

TEXTE.

« Je m'offre en sacrifice à la haine des enne-
» mis de la France. »

Commentaire.

Quelle générosité ! lorsque tu ne peux plus faire autrement. *A la haine :* oh, oui ! ceci est une vérité ; il en échappe toujours quelqu'une.

Des ennemis de la France. Tu veux toujours, ou plutôt tes publicistes veulent toujours nous faire accroire que les alliés sont *les ennemis de la France.* Tes partisans peuvent le croire, ou feindre de le croire ainsi ; mais la France n'en croit rien du tout. Toi, tes complices, tous ceux qui te soutiennent, voilà *les vrais ennemis de la France.* Oui, les vrais ennemis de la France ! et certes sans toi, sans tes complices, sans tous ceux qui te soutiennent, les alliés se seroient-ils armés de nouveau ? avoient-ils seule-ment la pensée de rentrer en France ? Pourquoi y seroient-ils rentrés ? n'y étoient-ils pas ? n'en sont-ils pas sortis volontairement, après avoir abattu le tyran et la tyrannie ? n'ont-ils pas bien fait voir par une conduite si magnanime, qu'ils étoient les *amis* et les libérateurs de la France ?

TEXTE.

« Ma carrière politique est terminée : je pro-
» clame mon fils. »

Commentaire.

Voici ce que cela signifie, traduit en bon français :

« Je voudrois bien rester encore à la place
» que je viens d'usurper : car je ne l'avois pas
» reprise pour la quitter sitôt. Mais la nouvelle
» preuve *d'incapacité* et *de lâcheté* que je viens
» de donner, est trop forte. Je me trouve con-
» traint de donner mon *abdication*. Maintenant
» il faut céder *aux circonstances*. Je saurai bien
» ressaisir le pouvoir : la tournure que je donne
» à mon *abdication* m'en laisse le moyen, et
» entretient cette espérance dans mes partisans.
» Je ne risque rien : en cédant le trône à mon
» fils, je conserve pour l'avenir toute l'autorité.
» Je me retire pour le présent, mais c'est pour
» revenir. »

Il est bien visible que cette *abdication* n'est qu'une ruse du parti. Ils ont espéré faire prendre le change aux alliés. « Vous n'en voulez, disent-
» ils, qu'à un seul homme : hé bien ! le voilà
» écarté : vous n'avez plus de motif pour nous
» faire la guerre. » Dans leur aveuglement ils ont cru en imposer ainsi à toute l'Europe. Mais le piége est trop grossier : eux seuls ont pu croire que l'on y donneroit.

Après tout, qu'est-ce que c'est que cette abdi-cation ? l'acte le plus ridicule et le plus absurde. Car en renonçant au trône, il abandonne ce qui ne lui appartenoit pas ; il cède des droits qu'il

n'avoit pas ; il se dépouille d'une autorité usur-
pée, illégitime, fondée uniquement sur la violence et la trahison. Mais en *abdiquant* ce qu'il
appeloit sa couronne, *il n'a point abdiqué* sa
cruauté, son âme basse et féroce, son caractère
de tigre, sa dissimulation, ses fourberies et ses
ruses, et surtout sa lâche et fallacieuse perfidie.

Conclusion.

Toutefois cette *abdication* doit nécessairement
fermer la bouche à tous les panégyristes de ce
prétendu grand-homme, et, s'il en est encore de
bonne foi, leur faire ouvrir les yeux. Car enfin,
abdiquer dans une telle conjoncture, c'est avouer
évidemment son *impéritie*, son *incapacité*, et
et par une conséquence nécessaire, c'est reconnoître sa *lâcheté*. Qu'ils y réfléchissent ; ils ne
pourront se le dissimuler à eux-mêmes. Et sous
ce point de vue, *l'abdication* de Bonaparte est
un acte très-utile.

Nous lisons quelque part que les Babyloniens
adoroient comme un dieu un énorme serpent.
(Cet aveuglement paroît aujourd'hui incroyable.)
Pour le faire cesser, on fit mourir ce prétendu
dieu, et on l'exposa ainsi aux yeux des Babyloniens, en leur disant : Voilà celui auquel vous
rendiez un culte honteux. Il n'y avoit pas de
réplique à une pareille démonstration.

Voilà ce que l'on s'est proposé dans cet écrit.
On a réuni sous un seul point de vue tous les

forfaits du tyran. Le dernier qui met si heureu-
sement le comble à tous les autres, est de nature
à convaincre les plus opiniâtres : il n'est point
environné de ce *faux éclat* qui les avoit jusqu'a-
lors éblouis ; il n'offre rien que de bas et de
honteux : *l'incapacité*, *la lâcheté* s'y montrent
bien à découvert. On peut donc maintenant
s'adresser à ses partisans, et leur dire avec
vérité : *Voilà celui auquel vous rendiez un
culte dont vous rougiriez aujourd'hui : jusqu'à
présent, vous n'avez pas voulu nous croire ;
mais vous l'en croirez sans doute lui-même,
vous en croirez son* ABDICATION.

« Le masque tombe, l'homme reste,
» Et le héros s'évanouit.

www.ingramcontent.com/pod-product-compliance
Lightning Source LLC
Chambersburg PA
CBHW071650030726
47598CB00005B/2074